表達能力大提升

我會完整地說話

許萍萍　著

新雅文化事業有限公司
www.sunya.com.hk

　　這是晴朗的一天，雲朵羊和好朋友粉紅豬約好一起去看櫻花。

　　雲朵羊剛吃過早餐，就接到粉紅豬的電話。

　　「雲朵羊，我先出發了，我在湖邊等你。」

嘟
嘟

「你會在哪個湖……」

雲朵羊還沒問完，粉紅豬就掛掉了電話。

到底粉紅豬會在哪個湖邊等候呀？雲朵羊回撥了電話，但是已經找不到粉紅豬了。

「粉紅豬每次說話都這樣，從來都不會把話完整地說完。」雲朵羊趕緊背上小背包，匆匆忙忙地出門去了。

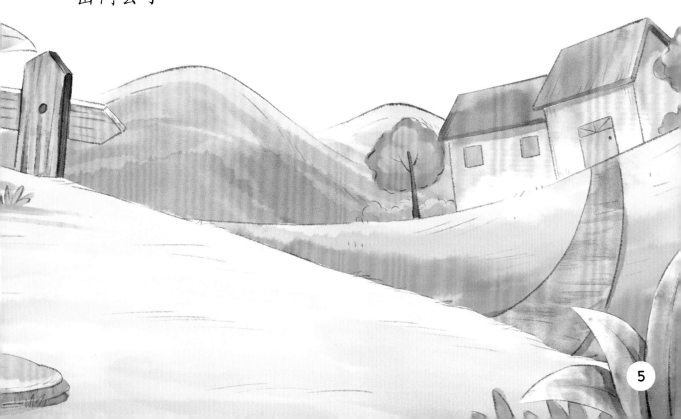

　　雲朵羊站在交岔路口，她不知道該往
哪條路走了。

　　向左走，有個星光湖。

　　向右走，有個月亮湖。

　　向前走，有個彩虹湖。

　　粉紅豬到底會在哪個湖邊等候呀？

　　這時候，雲朵羊看見右邊的綠燈亮起了。

　　那就先往右邊的月亮湖去看看吧。

　　雲朵羊加快了腳步。

星光湖

月亮湖

彩虹湖

月亮湖的湖邊靜悄悄的，只有樹木和花草，以及幾隻掠過天邊的小鳥。

「粉紅豬，粉紅豬，你在嗎？」雲朵羊問。

「粉紅豬沒有來過這裏。」小松鼠從樹洞裏探出頭來，「我一直在這裏，沒有看見誰來過這兒呢。」

「謝謝你！」雲朵羊轉身就往回走。這一次，她前往彩虹湖。

星光湖

月亮湖

彩虹湖

彩虹湖的湖邊很熱鬧，有正在做早操的小熊，有正在跳舞的兔子，也有正在唱歌的畫眉。

「粉紅豬，粉紅豬，你在嗎？」雲朵羊問。

大家都說沒有看見粉紅豬。

雲朵羊離開彩虹湖，匆匆忙忙
地去星光湖。

　　這時候，太陽已經高高地升起。湖面上金光閃閃，有一隻小貓在釣魚。

　　「小貓，你看見粉紅豬來過這兒嗎？」雲朵羊問。

　　「她來過，她剛才還在呢。她好像在等朋友，對！她等的朋友就是你。」小貓說，「她等了你很久很久，還說你們要一起去看櫻花。」

「那麼，她現在去哪兒了？」雲朵羊問。

「她剛剛離開，説你不去看櫻花就算了。」

「不去看櫻花就算了？這句話又是什麼意思呀？是説她獨自去看櫻花，還是回家不看櫻花呢？」雲朵羊着急得一直跺腳，「這個粉紅豬，每次説話都只説一半，不知道要把話完整地説完。」

　　雲朵羊非常掃興，便決定回家，不去看櫻花了。

　　當她快要到家門的時候，卻發現粉紅豬坐在老棗樹下的石凳上，呆呆地望着天空。

　　「粉紅豬，粉紅豬，你太過分了！每次都不把話完整地說完，害我每個湖都去跑了一遍。」雲朵羊說。

　　「啊，原來是這樣。我還責怪你不去看櫻花，也不和我說一聲。難道我沒有和你說我們在星空湖邊見面嗎？」粉紅豬說。

19

「你只是說你在湖邊等我。我剛要問在哪個湖邊等時，你已經掛斷了電話。」雲朵羊說。

「這樣的事情已經發生不止一次了。有一次，你説你的小木偶不見了，害我幫你找了大半天。可是，你明明想説的是小木偶不見了，但是後來已經被你的媽媽找到了。你看，這都是因為你沒有把後半句話説出來。」雲朵羊又説。

21

「以後我會把話說得完整的。」粉紅豬不好意思地說，「雲朵羊，明天我們再去看櫻花吧。七點半的時候，我在星空湖邊等你。對了，我會在星空湖邊那棵最高的柳樹下等你，不見不散。」

「你把時間和具體地點都説清楚了，這樣説話才完整嘛。」雲朵羊和粉紅豬「啪」地擊了一下掌，「那就説定了，我們不見不散！」

給父母的話

　　語言是人類最重要的交流工具，也是智力發展的基礎。幼兒時期是人在一生中掌握語言的關鍵階段，也是培養表達能力的重要時機。兒童要學會了說話，才能在與他人交流時，把自己心中所想的意思準確地表達出來。但是，孩子的表達力往往受到性格、語境、認知、經驗等影響。例如，有的孩子膽小、害羞，害怕與人交流；有的孩子性急、脾氣暴躁，說出來的話往往不太中聽；有的孩子認知不足，無法把事情清楚地描述出來；有的孩子不善傾聽，會打斷別人說話⋯⋯這些都阻礙了孩子培養良好的表達能力。

我們都明白，生活是語言的泉源，所以家長平時要豐富孩子的生活，為他們創設多聽、多看、多説的語言環境。例如，多為他們提供與同齡孩子交往的機會；多向孩子提問簡單有趣的問題，鼓勵他們思考和回答；在閱讀圖書時，多引導他們説一説畫面有什麼東西、下一頁的故事會怎麼發展等。

　　培養兒童的語言表達能力，雖然不是一朝一夕的事，但是只要家長能抓住讓孩子説話的契機，並積極引導他們，相信他們一定會敢説、願説、會説。

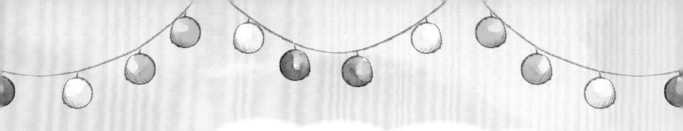

如何培養孩子的表達能力？

　　各位家長，培養孩子語言表達能力的方法有很多，齊來看看以下引導孩子說話的小提示吧！

1 讓孩子多聽、多看、多讀、多背。

2 啟發孩子敢說、想說、樂意說。

3 認真聆聽孩子的話，給予引導和正面回應。

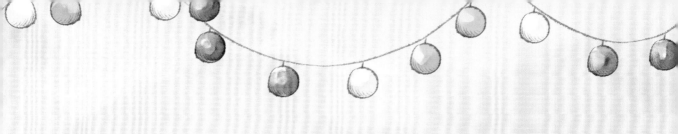

4 正確、認真地回答孩子提出的問題。

5 注意日常用語，給孩子做好榜樣。

6 鼓勵孩子參與不同活動和遊戲，
鍛煉口語溝通能力。

表達能力大提升

我會完整地說話

作　　者：許萍萍
責任編輯：容淑敏
美術設計：劉麗萍
出　　版：新雅文化事業有限公司
　　　　　香港英皇道499號北角工業大廈18樓
　　　　　電話：(852) 2138 7998
　　　　　傳真：(852) 2597 4003
　　　　　網址：http://www.sunya.com.hk
　　　　　電郵：marketing@sunya.com.hk
發　　行：香港聯合書刊物流有限公司
　　　　　香港荃灣德士古道220-248號荃灣工業中心16樓
　　　　　電話：(852) 2150 2100
　　　　　傳真：(852) 2407 3062
　　　　　電郵：info@suplogistics.com.hk
印　　刷：中華商務彩色印刷有限公司
　　　　　香港新界大埔汀麗路36號
版　　次：二〇二三年二月初版

ISBN: 978-962-08-8173-2
Traditional Chinese Edition © 2023 Sun Ya Publications (HK) Ltd.
18/F, North Point Industrial Building, 499 King's Road, Hong Kong
Published in Hong Kong SAR, China
Printed in China